KB118679

재수의
연습장

**그림이
힘이 되는
순간**

재수
그리고
쓰다

당신이 좋아

1시간 경과

어디 한번 들어나 보자

장미와 케이크를 든 여인

과연 공부가 될까

연애가 되지

환청

여학생들

많이 그린 만큼
많이 생략할 수 있게 된다.
더 정확히 말하자면,
필요 없는 선이 걸러지게 된다.
선이 걸러진 자리에
선의 느낌이 들어선다.

단, 전제 조건은 즐거움과 호기심으로
그림을 대할 때 즉로 그렇게 된다는 것.

시험공부도 해야겠고
데이트도 해야겠고

거울과 함께한 소리

데이트 시작

고양이 레이더

게임할

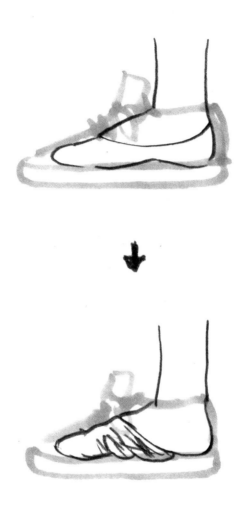

고통의 양말

신호를 기다리는 여인

아까 안 먹는다며

가슴이 무너지는 한 젓가락

공원 모임

공원 데이트

아빠랑 셀카

자식 생각

삐침

굳이 따라다니면서 삐침

우리는 모두
마음을 부릴 줄 아는 사람들이다.

대상이 무엇이든,
소중하게 대하기 시작하면
소중해지니까.

^^

고마워 잘 버릴게

귀 밖으로 못 나가게

그건 그래

배고파서
기분이 안 좋다.

배불러서
기분이 안 좋다.

그렇다

하곳길

겨드랑이

기습 공격

기습 공격

두 마디 하고 죽는 법

연락한다 해놓구선

커피도 소용없어

(애)타는 곳

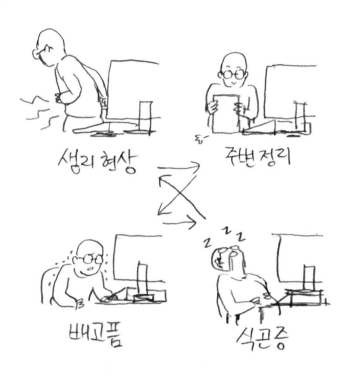

생리 현상

주변 정리

배고픔

식곤증

악순환

(포)만감이 교차하다

떨리는 손가락으로

가방 조심hair

같은 길 다른 생각

이런 여자

바람 만지는 아기

자전거 고수

5byte

날씨 너무 좋다아아아...

마감 중

그중 하나

글자 몇 개로

사진 하나로

사랑의 귀 청소

길썸

우주는 팽창한다

내 배도 팽창한다

그렇다

모녀

엄마와 아기

비 내리던 날

쩌당

나 방금 방구 꼈다

나를 보는
너를 보는
나를 들킴

날벌레

남자 화장실

너 때문에 여기가 빨리 뛰어

수면 안대 기능

눈 맞춤

알약 삼키기 실패

눈 맞춤

길고양이에 대한 오해와 진실

실화

말해줘

남자가 궁금한 건 남자

내 맘을

커피도 소용없어

길을 걷는 여인

버스를 기다리는 여인

숨겨왔던 반사 신경

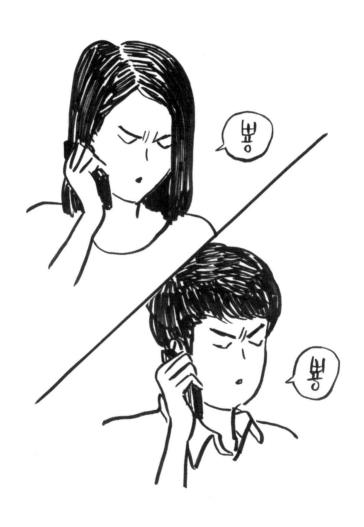

다투고 끊을 때도

배가 고파서
배를 만져봤는데

배가 불러 있었다.

늦게 들어온 날

담아두는 모습을 담아두다

벗는 타이밍

비 올 때 피는 꽃

폰 조심

미스트

가슴park

고기 굽는 소리

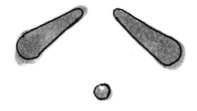

어쩔 수 없는 모양

커피 물고 교통카드 찾으며 정류장으로 걷기

털모자 쓴 여인

따뜻

날 좀 보개

데이트 시작

앞머리

상상하며 그림을 그릴 때에는
'이렇게 그려도 괜찮을까?
이렇게 안 생겼을 텐데...'
하는 의심이 선을 망친다.

반면, 직접 보며 그림을 그릴 때에는
말도 안 되는 선의 진행일지라도
생김새가 눈앞에 실재하므로
선에 확신이 생긴다.

이러함을 나란히 두고 보니,
상상하며 그림을 그릴 때에도
확신만 있다면
의심 때문에 선을 망치는 것을
줄일 수 있겠다는 생각이 들었다.

혼나

당황한 아이

길 찾기

나

어깨동무하며 손잡기

주머니 교환

사랑하는 모양

지하철 기다리는 여인

소름 돋는 실화

똑같다 이제

뛰는 모양

먹은 거 뺏어오기

모녀

항상 그런 마음으로

목욕하는 날

아니 글쎄

작은 거울

무릎발사

미술관 풍경

그녀가 보고 있다

고양이 엔진

몇 년 전, 구상하던 만화가 잘 진행되지 않아 답답했습니다. 뭐라도 해보자 하는 마음에 아침마다 카페로 출근해서 사람들의 모습을 관찰했고 수첩에 오른손으로 스케치를 했습니다. 작업실에 와서는 그 그림들을 보며 왼손으로 다시 그렸습니다. 그렇게 한 달 동안 100장 정도의 그림을 그려봤습니다.

뭐라도 해보자는 마음에 무턱대고 시작했지만 진행할수록 얻는 게 많다는 것을 깨달았습니다. 처음에는 왼손으로 그리는 것이 익숙하지 않았기에 선이 의도한 대로 그려지지 않았습니다. 하지만 그 또한 오직 나의 왼손에서만 나오는 선이었기에 그냥 믿고 쭉쭉 그려나갔습니다.

그렇게 그리다 보니 쓸데없는 선이 걸러지기도 하고 평소 아무 생각 없이 긋던 익숙한 선의 방향이 아닌 새로운 선의 방향도 알게 되었습니다. 결과적으로 만화 작업에 익숙해진 습관적인 선에서 벗어날 수 있었고 그림 그리는 행위에 대해 다시 생각해볼 수 있는 기회가 되었습니다.

통제되지 않는 선의 매력, 왼손 드로잉

통제되지 않는 선의 매력, 왼손 드로잉

통제되지 않는 선의 매력, 왼손 드로잉

통제되지 않는 선의 매력, 왼손 드로잉

통제되지 않는 선의 매력, 왼손 드로잉

통제되지 않는 선의 매력, 왼손 드로잉

나는 화가 날 때 그때그때 대화로 푸는 스타일인데 넌 아무 말도 안 하니까 너무 답답한 거야.

사람 감정이 휴지통처럼 비운다고 싹 비워지는게 아니잖아. 맘에도 없는 말 나올까 봐 차라리 가라앉히는 거야.

나는 대화로 풀면 좋겠어.

나는 화 풀릴 시간을 주면 좋겠어.

대화 방식에 대한 대화

대화

sleeper

결핍이 있기에 완성되는 퍼즐
(25번째 퍼즐 귀퉁이에 엄지를 올리고 사진을 찍어보세요.)

두뇌 풀가동

토닥토닥

산책

출근길

조깅 준비

생활 계획표 짤 때

알아서 하지 말라는 뜻

많이 쌓였네

들어가면 추울 텐데

계획적인 친구

말 좀 들어

사람

사랑

내가 뭘 잘못했어

신호등 앞의 여인

가끔 이런 표정을 짓는 것 같다

고양이

저양이

죄송합니다

커피도 소용없어

델리만쥬

밤길의 사람들은 마치

밥 줘

방금 볼 터치했단 말야

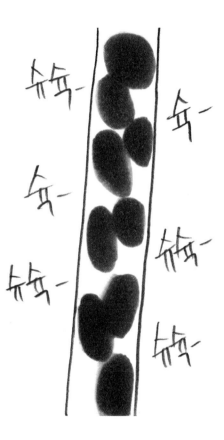

버블티

♫

겨울 아저씨

캥거루

잘생긴 청년

목말

엄마 심부름

불심검문

어 그래

비 그쳤음 우산ㄴㄴ

비켜

뽀뽀

뽁뽁이 신발

말하는 밥솥

망함

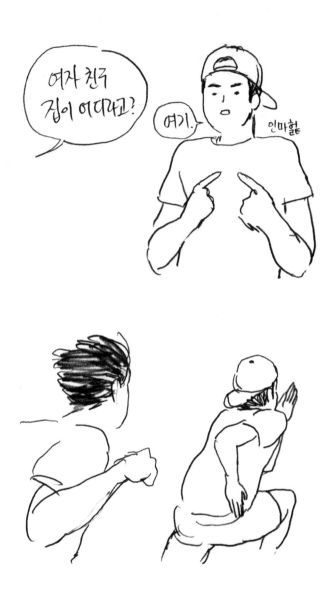

머리 묶는 여인

부팅 중

예습

너만 웃어준다면

발음 속이기

밤하늘에 별을 땄더니

상담왕

VI·SI·

때론 암호 같은 것

만화는 주로 머리를
쓰는 일이라 몸은
상대적으로 도태되기
십상이지요.

+건강UP!

그럴땐 운동을 해서
신체를 깨우면 머리가
더 잘돌아가기도 합니다.
(머리도 신체의 일부니까요)

운동을 해야겠는데
오늘은 아냐

그런데 운동을 해야겠단
생각도 머리에서 나오기
때문에 몸이 도태되는것을
막을 수 없는 것입니다.

머리 새끼야

선곡 중

우산이 없는 여학생

사라진 것에 대하여

사라진 커피

생각하는 모양

손금 과외

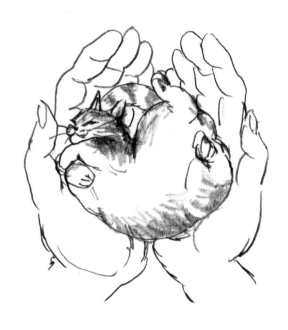

손바닥 고양이

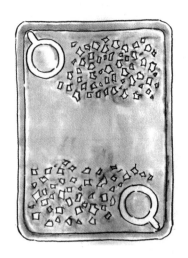

수다 전
수다 후

수련장

키도 큰데 머리까지 ██ 세웠어!

숙여달라 할 수도 없고

루스 피트를 입은 여인

심장을 맞대고

내 꺼인 듯 내 꺼 아닌 내 꺼

포니때릴

쌍둥이

손자의 센스

자전거 타는 여인

모시고 가는 중

출근길

솔직한 걸

슬러시 과부하

심장 조련

커피도 소용없어

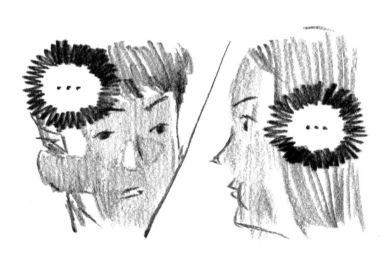

아무도 잘못한 것이 없는데
말문이 막히는 상황

나와의 대화

비 오는 날의 모녀

아이스크림으로 고백하기

의미심장

버블티 먹을 때

아빠가 떼어줄게

아빠보다 키 크네

아이돌 머리 넘기는 모양

큰 자전거를 타고 가는 아이

더운데 왜 안 와

뼈다귀 해장국

아침 드라마

후다닥 꺄르르

어얼~

안녕

인사

아야야 모여봐

야야야 저 남자 완전 내 스타일

노하우

지하철 풍경

지하철 풍경

기도하듯 잠든 여인

어느 손가락이게

어려운 문제인 모양

에스컬레이터

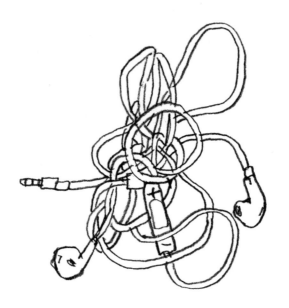

어휴

얼굴 뚫어지겠어

퍽

알람 기능

야식

게임 잠 메세지

인기 좋은 구석 자리

지하철 풍경

어 그래

어

삼각관계

온기

망함

엄마 발 아기 발

꼬리뼈로 앉기

수업을 마치고

엄마 손잡아

작은 건반을 치며
노래하던 청년

개좋음×2

모녀와 풍선

안아주개

아~

가로등 불빛 가득한 골목에서의 대화

감자칩

건너가는 중

고백 유도

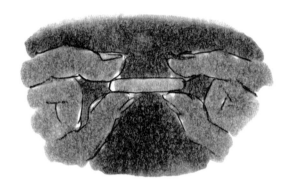

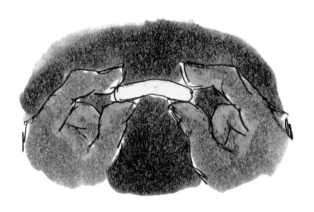

밤낚시 준비

내가 다 열어놨는데

너

너를 지워 너를 그리네

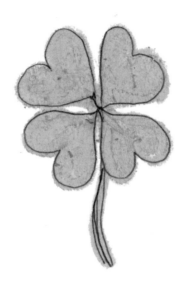

네 사랑은
행운 이야

다음 신호에 건너자며

뭐가 난 모양

미미와 잉크

밤이 지나간 모양

방어회

분수에 맞게 살자

산책

배고파
돼지
겠당

새벽 낙서

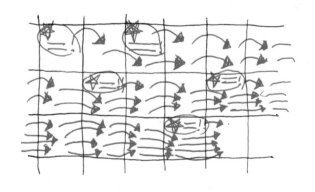

일정 관리 실패

훔친 눈물을 숨겨두는 곳

지켜본다

칼바람

고개이
돌아중이어서
삐스리릭
소래빌으로
연결됩니다

고개이
돌라중이어서
삐스리릭
소리섭으로
연결됩니다

텔레파시 충돌

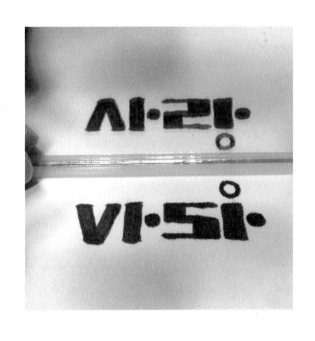

때론 암호 같은 것

고양이

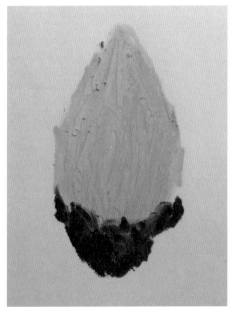

군고구마

그네

기차

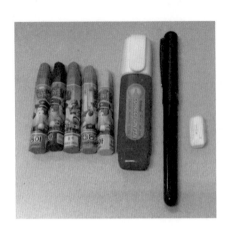

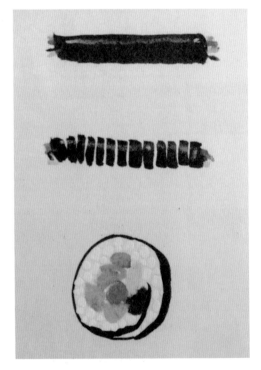

김밥

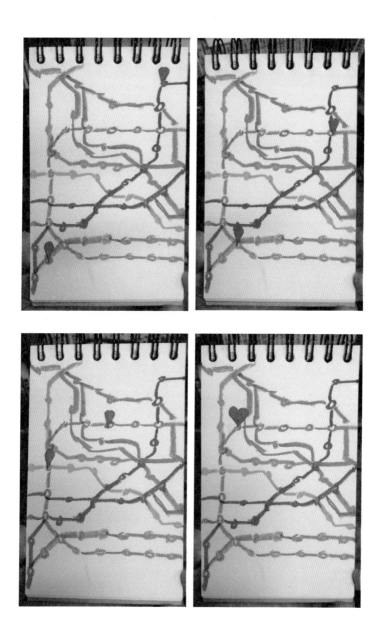

데이트 시작

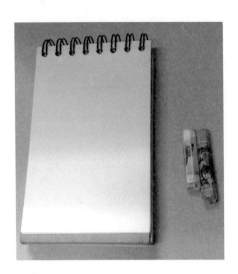

비행기 그리기

레이저 빔

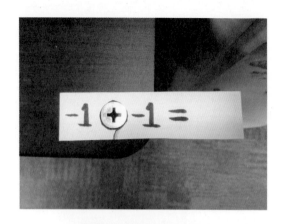

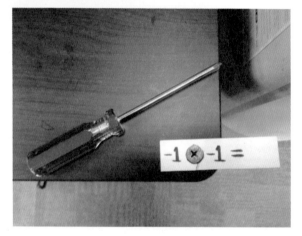

마이너스에서 벗어나는 방법

봄 여름 가을 겨울

불이 켜진 모양

비눗방울

소독 아저씨

소독 아저씨
(따라해보세요.)

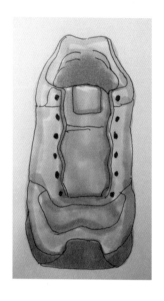

신발 끈

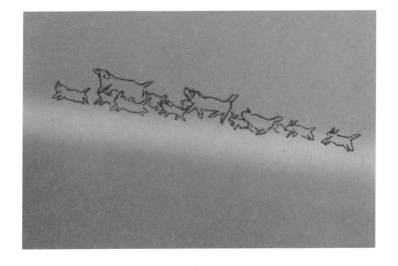

안녕 친구들

앞머리

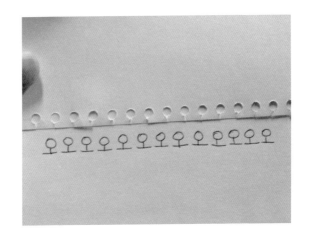

이렇게 생긴 듯

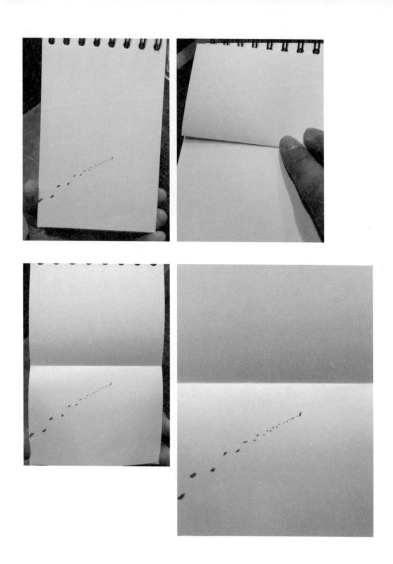

종이 사막의 밤

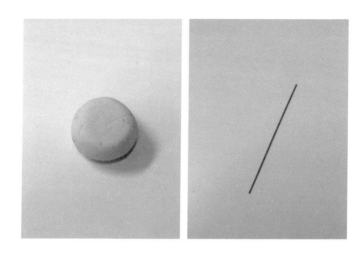

지우개와 샤프심

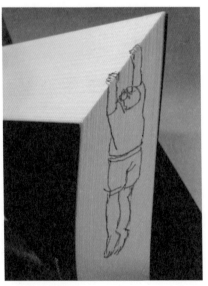

책의 옆면

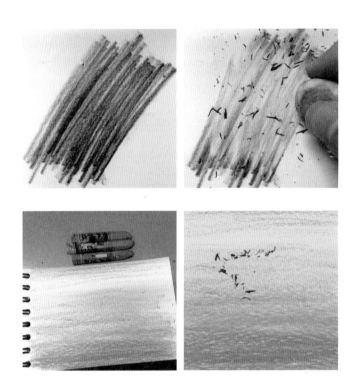

철새

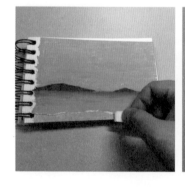

파도 만들기

호치

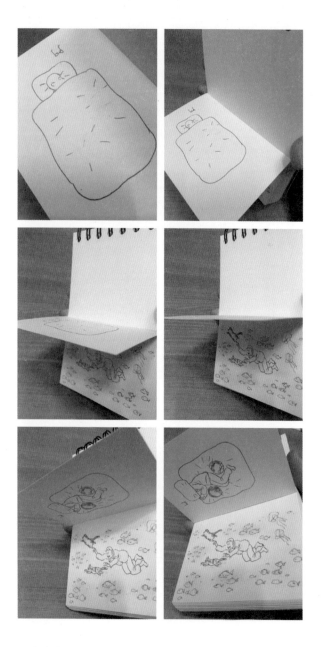

수면 아래

엄마 저기 있네

엄마가 길 찾을 때까지 대기한다

에어컨 바람

여행 계획

오늘 하루도 열심히
게을러볼까

비염 공감류

옮겨 적는 모양

밀착 대화

왜 안 와

우산 가지고 나올 걸

웃음 더하기 웃음

혼자 아는 체질

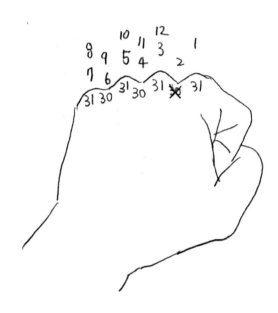

월말계산기

웨하스

위로

없으니까

에스컬레이터

왜죠

《재수의 연습장》 책 나왔대

외모지상주의자

용량 부족

이놈 보게

이런 여자

어쩌면 우리

속보라고요

신상 털기

업데이트

창가 쪽 자리에 앉은 여인

대화

짜증 대각선

이쯤에서 밀어 넣어야 제맛

사랑하는 모양

위험한 모자

웃차

웃추추추

이때 끄면 큰일 남

이렇게 두 발로 서는 거야

돈 굳었다

블라인드

이름을 잘못 지음

이열치열

인사

자석

Don't try this at home

고양이의 눈

잘 뛰네

천국의 업무

컴퓨터 하시는 아버지
커피 마시는 외숙모

명절 스케치

마트 풍경

잘못한 모양

이런 여자

이렇게 들림

웃주름인줄 알았는데
뱃살이었다.

ㅠㅠ

이제 썰물

점 될 뻔했어

공기 부족

정적

제다이의 여자 친구

창가 쪽 자리에 앉은 여인

사랑하는 모양

고민 상담

화가 난다

not smart

Try

자작곡

네

젠가

언 젠가

죄송합니다

지금 몇 시 몇 분이야?

아

지형의 청각화

정수리 스멜

좁은 겨울

좋은 자리 다 뺏겼어

죽는다

지켜줄게 앞머리

띠딧
찰칵

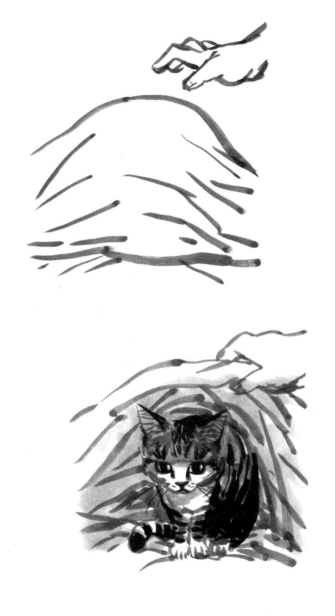

찾아주길 바랐는데 막상 들키니 심기가 불편하군

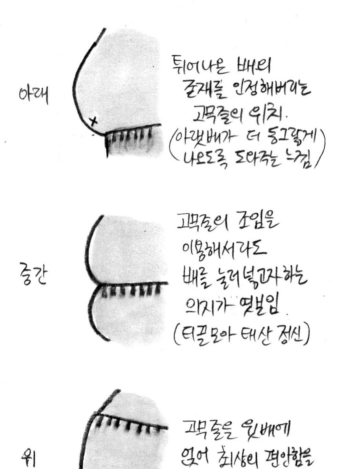

아래   튀어나온 배의
줄래를 인정해버리는
고무줄의 위치.
(아랫배가 더 둥그렇게
나오도록 도와주는 느낌)

중간   고무줄의 조임을
이용해서라도
배를 눌러넣고자 하는
의지가 엿보임.
(티끌모아 태산 정신)

위   고무줄을 윗배에
얹어 최상의 편안함을
추구한다.
(소화 잘되는 느낌)

추리닝 고무줄 위치에 따른 고찰

추운데 뜨거워

catress

춥다 씨

커플끼리 오락실 가면 한 번쯤 해보는 거

커피 두 잔

종업원은 알고 있다

짓궂은 걸

처음에 조금 따가우실 거예요

철벽 방어

추임새일 뿐

투명 모기

포크 뮤직

피자 한판

드로잉과 생각

최대한 적은 선을 사용해 형태를 간략화하는 것.
이를 목표로 드로잉 연습을 계속 해나가다가
문득 생각해본다.

점과 선을 요소로 남겨두면서 형태를 그린다는 것은,
보는 이가 이를 조합하여
그린 이의 의도를 연상하게 만드는 것이다.

이것이 핵심이다.
요소들이 거칠게 뿌려진 것처럼 보이지만
그로 인해 자연스럽게 전체가 연상되는 것.
이것은 모든 소통과도 닿아 있다.

요소와 요소가 전체에 묻히지 않고
새롭게 보이게 만드는 것.
부분과 전체의 참신한 조화.

모든 순간 속에서
그것을 발견하려고 노력한다.

거울, 마스크, 안경

커피도 소용없어

스릴 넘치는 티타임

티타임 강제 종료

평화의 비결

비둘기들이 날아오르는 풍경

풍선 강아지를 기다리는 아이들

하~

하면 엄마한테 혼났던 거

하품 옮기기

하품 저격

휴식

혼자로 보기

위협이 안 됨

하루에 한 번 쓸 수 있는 거

혼난다

연인

순간에 깃든 삶

한/영

그림 같은 밤

아기를 품은 여인들

　잘하는 것도 중요하지만 잘하려고만 하다가
그 일이 완전히 싫어지는 불행을 겪고 싶지는
않다고 생각했다. 불행은 조금만 방심해도
기회를 노리고 있다가 들이닥친다. 그 불행은
살아가면서 끝도 없이 계속해서 만날 것이다.

그래서 잘하는 것보다 그 일의 지속 가능한
즐거움에 대해서 집중하게 되었다. 그 즐거움으로
탄력을 만들어두면 불행이 와도 다시 회복할 수
있을 것이라는 생각이 들었다. 즐겁게 일을 이어갈
수 있는 자기만의 탄력을 만들어두는 시간이
필요하다고 생각한다.

작가의 말

내가 잘하고, 또 했을 때 즐거움을 느낄 수 있는 일로
돈을 벌며 살고 싶었습니다. 그래서 만화가가 되었습니다.
하지만 어째서인지 그것이 일이 되면서부터 즐거움은 줄어들고
스트레스만 늘어가는 것을 느꼈습니다. 저는 어떤 방식으로든
그림을 그리는 즐거움을 다시 되찾아야겠다고 생각했습니다.

'피드백이 활발한 SNS를 활용하면 지금보다 그림을 더 많이,
더 자주 그릴 수 있게 되지 않을까?'라는 생각으로 페이스북 페이지에
'재수의 연습장'을 개설하고 그날그날 연습장에 그린 그림을
휴대전화 카메라로 찍어서 올리기 시작했습니다.
이후 정말 많은 분들이 페이지에 올린 제 그림을 좋아해주셨습니다.
덕분에 신나게 그림을 더 많이 그릴 수 있게 되었고
이렇게 책으로까지 나오게 되었습니다.

이 책은, 그림 그리는 즐거움을 되찾아가는 과정이자
즐겁게 그림을 그리는 상태를 유지하기 위해 노력해온
2년간의 생생한 흔적들입니다.

지켜봐주시고 응원해주시는 모든 분들께 진심으로 감사를 전합니다.
더불어 이 책을 펼쳐주신 한 분 한 분께 새로운 감사를 전합니다.
앞으로도 멈추지 않고 즐겁게 그림을 그려나가겠습니다.

마지막으로, 익숙해서 무관심했던 세상을 새롭고 따뜻한 시선으로
바라볼 수 있게 해준 사랑하는 아내에게 이 책을 바칩니다.

'재수의 연습장' 운영자
재수 드림

힘이 된다는 말이 힘이 됩니다

재수의 연습장
그림이 힘이 되는 순간

초판 1쇄 발행 2016년 4월 15일 **초판 5쇄 발행** 2022년 5월 1일

지은이 재수
펴낸이 이승현

편집1 본부장 한수미
에세이1 팀장 최유연
디자인 하은혜

펴낸곳 ㈜위즈덤하우스 **출판등록** 2000년 5월 23일 제13-1071호
주소 서울특별시 마포구 양화로 19 합정오피스빌딩 17층
전화 02) 2179-5600 **홈페이지** www.wisdomhouse.co.kr

ISBN 978-89-5913-010-8 03810